목소리

-사장 있는가?
문 밖에서 부르는 소리
가슴이 철렁한다
집주인이 월세를 받으러 왔다

한 달은 왜 그리 빠른지
돌아서면 한 달
돌아서면 한 달

몰려드는 가난
가도 가도 가난은 멀기만 하다

꿈속에서도 들리는
-사장 있는가?
목을 조이는 목소리
가난도 오래되면 버릇이 되나
점점 작아져 갔다

이런 남자

이런 남자

1판 1쇄 인쇄_2022년 11월 01일
1판 1쇄 발행_2022년 11월 10일

지은이_정상열
펴낸이_양정섭

펴낸곳_예서
등록_제2019-000020호

제작·공급_경진출판
사업장주소_서울특별시 금천구 시흥대로 57길 17(시흥동), 영광빌딩 203호
전화_070-7550-7776 팩스_02-806-7282
홈페이지_https://mykyungjin.tistory.com
이메일_mykyungjin@daum.net

값 10,000원
ISBN 979-11-91938-22-7 03810

예서의시 022

이런 남자

정상열 시집

차례

제2부 건투를 빌겠습니다

제3부 저 달 좀 봐

제4부 곁에 있는 사람

제1부 아버지는 소장수였다

사는 게 그런 거구나

젊어
가난에 찌들어 살다
밥술이나 먹게 되면
시름시름 병들어 앓고
먹는 거 안 먹고
아이들 공부시켜 놓으면
짝 만나 훌쩍 떠나고
사는 데 골몰해 부모님 못 뵙다
생각나 찾아가면 이미 떠나고
맛난 음식 먹을 때마다
불쑥불쑥 찾아오는 부모님 얼굴
안 쓰고 모은 돈
자식들 싸움만 시키고
천년 만년 갈 것 같던 세월
어느새 고개 마루
-아 사는 게 그런 거구나

이사

치악산 밑에서 자란 나는
머리가 희끗희끗 살면서
스무 번 넘게 이사를 다녔다
그것도 주민등록에 표기된 것만 그러니
실제는 이보다 훨씬 더 많다
아이들도 이사라는 말에 익숙했다
한번은 마당 있는 주택으로 이사를 했다
집이 워낙 엉망이라
이삿짐 사장이
–여기가 살집이냐? 묻길래
실은 아파트 입주 날짜를 맞추기 위해
며칠간만 지낼 계획이라 답하고
하룻밤을 자고 나니 마음이 편하고 잠이 잘 와
내가 살집이 여기로구나
생각을 바꿔 지금까지 살고 있다
수없이 다녔던 이사는
여기서 끝이다

홍도야 우지 마라

아버지는 역전에 있는
술집을 들락거렸다
색시가 바뀌었다는 소문이 들리면
어머니는 가끔 심부름을 시켰다
해 구멍이 지기도 전
홍도야 우지 마라 오빠가 있다
취한 아버지 노랫소리
간드러지는 여자의 웃음소리
산비둘기 울음을 들으며
집으로 돌아왔다
지금은 혁신도시에 묻혀 흔적 없는 고향
그곳을 지나치면 아직도 취한
아버지 노랫소리가 들렸다
홍도야 우지 마라 오빠가 있다

아버지의 바람기

생전에 어머니는 사남매 가운데
나를 유별나게 예뻐하셨다

아버지는 읍내 우시장이 파하고
귀가할 때면 소와 함께
여자를 데리고 왔다

그런 날 밤이면
심한 고열로 불덩어리가 된 몸으로
나는 집안이 떠나가게
밤새 울었다
다음 날 새벽같이 그 여자는 떠나갔다

어머니는 당신을 지켜 준다며
내 머리를 쓰다듬어 주었다

그럴 때마다 아버지가
우리 아버지 같지 않았다

자화상
–미당 어법으로

아버지는 소장수였다
장에 가면 며칠씩 돌아오지 않았다
열여섯에 시집온 어머니는 평생을
기다리며 살았다
기다리다 지쳐 눈물이 나면 어린 나를 보며
갸름한 얼굴과 커다란 눈이 외택을 했다며
중신한 외할아버지를 원망했다

나를 키워준 건 눈치였다
어머니의 불같은 성격에
하루를 살기 위한 몸부림이었고

세상은 늘 잿빛이었다
다섯 자밖에 되지 않는 키
바람 불면 날아갈 것 같은 몸
친구라곤 해지면 날아든 새와
지나는 바람뿐이었다
그렇게 여기까지 왔다

아버지의 마음

아버지는 소장수였다
아버지 옷에선 항상 쇠똥내가 났고
전대에서 꺼낸 돈 뭉치에서도 났다
장에서 일찍 돌아오는 날은 기분이 들떠 있고
그렇지 않은 날은 못하는 약주를 하고
소는 되새김질하는 동물이라
한 파스 남으면
그 다음 파스는 토해낸다며 횡설수설
아버지 눈치를 살펴야 했다
여름이면 뼈 내장 천엽을 넣은 고깃국을 한 가마 끓여
마을 어른들을 대접하며
가난하고 배곯았던 당신의 어린 시절을 보상받곤 했다
어느 날 아침
눈 떠보니
말굽좌석처럼 굽은 당신이
장을 향해 가는 모습이 지금도 눈에 선하다

커피를 마시며

커피를 워낙 좋아했던 아버지
하루에도 몇 잔씩
커피는 일과이며 친구
김이 모락모락 나는 커피를 들고
이 하나 없이
천진난만하게 웃던 모습
걱정거리라도 있으면
커피 잔을 들고 골똘히 생각하다
잔을 내려놓고 담배를 물던 아버지
배 아프다면 회충을 없앤다고
아홉 살부터 담배를 가르친 할아버지
커피와 담배는 평생 동반자
마시면 마실수록 더해 가는 갈증처럼
하늘을 덮고 누우신 아버지
커피가 얼마나 생각날까

느루

엄마가 설밑에 강냉이를 한 자루 튀겨 왔다
달콤하고 구수한 맛에
누나와 동생 셋이 둘러 앉아
하루 만에 거덜을 냈다
아무 말씀 없던 엄마가
그 다음 날은
콩을 한 됫박 튀겨와 먹으라 했다
우리 셋은
역시 맛있게 먹다
시들해지며 한참 잊고 지내다
어느 날 엄마는 콩 자루를 내보이며
–참 느루* 가네
하던 말이 생생하다

*길게, 오래

툇마루

툇마루에 앉으면
하늘이 내리고
마당이 솟고
초당이 달려와 안기고
파도소리가 들리고
순두부 냄새에
밥 짓는 냄새로
시간이 뒤바뀌어
할머니께서 들려주던 옛날이야기도 들리고
고향집에 갔다 돌아올 때 툇마루에 앉아서
눈물을 훔치던 어머니 모습도 보였다

내 마음 한 켠

내 마음 한 켠에
조그만 집 짓고

서쪽으로 창을 내고 싶다
고향을 불러들이고 싶다

가을 겨울 봄 여름
철마다 다른 얼굴

숲속에 잠든 새처럼
고요한 마을

마음 한 켠에 집 짓고
사는 조그만 내 고향

동치미

살얼음 올라앉은 동치미
반가운 어머니 손길

무 고추 어우러진 맛
사발에 가득한 어머니 숨결

나이 들수록 가까이 다가오는
나의 어머니

살얼음 올라앉은 동치미
반가운 어머니 손길

낙상

추위 전에
감을 따야 한다는 장인의 성화
일요일 아침 감을 따러 나섰다
나무에 올라 홍시 따는 재미에
잘못 디딘 발
눈을 떠보니 병원 응급실
숨을 쉴 수도 기침을 할 수도
종일 묶인 침상
떠오르는 후회
물 같던 일상들이
이렇게 소중할 줄이야
잠깐 붙인 눈
감나무에 감은 없고
가지마다 주렁주렁 매달린 공포뿐
좀처럼 없던 장인 전화
온종일 불이 났다

소나무

아버지 산소 갔다
돌아오는 길에
손가락만한 소나무 한 그루 파
화분에 옮겨 심고
조석으로 정성을 들이는데
신통치 않자
성질 급한 나
차라리 솔거를 불러
거북등처럼 갈라지고
구불구불 틀어진 황룡사 소나무를
옮겨 달라고 부탁하는 일이 빠르겠다는 생각에
연락처를 수소문하고 있다

매듭을 풀면서

고향에서 보내온
정이 듬뿍 담긴 상자

꼼꼼하게 묶고 동여맨
힘줄 돋은 어머니 손길

풀다 풀다
손에 든 가위

한꺼번에 풀어헤쳐진
집 안 가득 넘쳐나는 어머니 사랑

그리움이 쌓여

긴 긴 여름 날
허리가 끊어져라 김을 매다
밤이면
세상 떠나갈 듯 끙끙 앓고
아침이면
언제 그랬냐는 듯 일터로 향했던 어머니

개도 안 물어가는 돈
다 어디 갔어
땅이 꺼져라 한숨지으며
자식에겐
절대
가난 물려주지 않겠다고
입에 달고 사시던 어머니
그리움이 쌓여 태산되었습니다

제2부 건투를 빌겠습니다

해바라기

하늘이 파랗다
눈도 파랗다

해가 태워버린 까만 얼굴
너를 보면 해가 간 길을 알아

홀로 걸어온 여름
얼마나 힘들었을까

이젠 활짝 웃을 수 있다
견뎌 온 자만 느끼는 기쁨

하늘이 파랗다
눈도 파랗다

너를 보면
해가 간 길을 알아

추석의 달

추석날 고향에 갔다
대문을 들어서니
뒤따라오던 달이 먼저 와 웃고 있다
달 속엔
머리가 하얗게 센 어머니가 보이고
술래잡기하던 친구도 보이고
외양간의 소도
꼬리를 흔드는 강아지도 보였다
방에선 아이들 뛰노는 소리
마당은 달빛으로 넘쳐났다
어머니 생전에
자주 뵙지 못한 후회
달빛은
예전의 그 달빛이 아니었고
달빛 아래 우두커니 서 있는
나도 내가 아니었다

인생

인생이란 학교에 입학한 학생 여러분 환영합니다
여러분은
학교 운동장에서 마음껏 뛰어놀 수 있고
공부를 하든
공을 차든
노래를 부르든
그림을 그리든
여러분의 자유입니다
등하교도 없고 출결석 확인도 없습니다
시험도 숙제도 물론 없습니다
할 일은 자신이 하고
책임도 자신이 지는 것입니다
학교에 나오기 싫으면 안 나와도 상관 않지만
지켜야 할 룰은 반드시 지켜야 합니다
그리고
교통사고 및 불의의 사고에 항상 조심해
이 넓은 운동장에서
마음껏 뛰어놀며
마음껏 꿈을 펼쳐 보시길 빕니다
건투를 빌겠습니다

칸나

칸나에게
사랑을 아느냐 물으면
너는 어느새
활활 타오르는 불꽃이 되고
키스를 아느냐 물으면
너는 어느새
입술이 부르튼 입맞춤이 되고
애인이 있느냐 물으면
너는 어느새
관능적 몸부림이 되고
생일이 언제냐 물으면
너는 어느새
여름에 안기고
네가 누구냐 물으면
너는 어느새
사랑에 눈 먼 여인

시래기

담벼락에 걸린 시래기
바람을 부르고 있다

기세 좋고 풍채 좋던 몸은 어디 가고
야윌 대로 야위어
허기와 추위 메워줄 저녁상 되는 꿈에
추운 줄도 모르고
춤추고 있다

씨름판

우리가 사는 세상은
영락없는 씨름판

태어날 때부터
샅바를 매고 왔으며

어릴 때는 공부와 씨름하고
어른 되어선 일과 싸우며

늙어서는 병마와 씨름하다
세상 뜰 때도 샅바를 잡고 가는

끊임 없는 씨름판이며
승패를 가르는 일뿐이다

유혹

술 도박 여자
듣기만 해도 가슴이 설렜다
짧은 스커트에 젖가슴이 반쯤 드러난 셔츠를 입고
술시중을 드는 아가씨
슬쩍슬쩍 청년의 패를 보며
사기꾼에게 알려주었다
결국 재산을 탕진한 청년
자신의 어리석음을 탓했다
훗날 청년은
개과천선 해 잘 살고 있는지
부모에게 기대 아직 도박장을 전전하는지
청년 소식이 궁금해졌다

나는 뭔가

세상 살면서

춤을 섬기면 춤쟁이
도박을 섬기면 노름쟁이
글을 섬기면 글쟁이 되고

술을 이겨내지 못하면 주정뱅이
자신을 이겨내지 못하면 땡강쟁이
마음을 다스리지 못하면 바람둥이

세상 살면서

돈을 섬기면 수전노
꿈을 섬기면 야망인
권력을 섬기면 정치인

나는 뭔가

거짓말

진실만 해도 모자랄 판에
밥 먹듯 거짓말
정치인 공직자 변호사 선생 목사 농부
어느 하나 가릴 것 없이 거짓말
겉으로는 점잖고 고고한 척
불리하면 딴소리에 상판 바꾸기
듣다 듣다 보면
거짓이 참이 되고 참이 거짓되는 세상
누군가 가슴에
생채기 내 피 보고
냄새 풍겨
마스크 없인 못 사는 세상

코로나

어느 날

코로나가 찾아와

똑똑똑

문 좀 열어줘 하기에

문을 꽝 닫고 들어가니

어느새

곁에 누워

고열에

기침에

근육통에

문 밖 출입을 못했다

나는 불경처럼 서러웠다*

*백석의 여승에서

풍경

경포바닷가 소나무 그늘 아래
관상 보는 할아버지
꾸벅꾸벅 졸며 손님을 기다리다
길 가던 아가씨 깔깔거리며
맥을 짚듯 손을 잡으니
할아버지 손길에
살며시 눈을 감고
죽은 나무에 꽃이 피고
벌 나비 날아드는 날을 그려 본다

달방 사람들

시내 중심가 뒷골목 성냥갑 같은 모텔

해 뜨면 나갔다 해지면 돌아오는 산새

말도 다르고 생김새도 다르지만

가난을 벗 삼아 땀에 젖은 하루를 반납했습니다

밤이면 건너편 빌딩 불 켜진 사무실 바라보며

가족 만나는 꿈을 청해 봅니다

촛불집회

억장이 무너져 내린 사람들
광장으로 몰려와 홍수를 이루었다

손에든 촛불은
분노와 진실을 담은 깃발

출렁이는 물결은
희망의 손짓

붉게 핀 꽃밭은
그윽한 사랑의 향기

현란한 춤사위는
다가오는 새 세상

남녀노소 어우러진 노래와 춤은
축제 축제마당

백봉령

정선 임계에서 백봉령 가는 길
끝없이 펼쳐진 감자밭 흰꽃들은
캔버스에 옮겨 놓은 한 폭의 그림이다
정상에 다다르니
눈에 띈 옥경이네
문을 열고 들어서니 이름처럼 고운 아주머니가
웃음으로 안내했다
방엔 노무현 대통령 사인과 사진이 걸려 있다
–어떻게 알고 여기까지 왔을까
–맛집은 맛집인가 보다
호기심이 발동해
메뉴판에 있는 음식을 통째로 주문했다
감자 적
수수부꾸미 메밀전병
도토리묵무침 감자옹심이
강냉이 동동주까지
음식이 나왔다
잊고 있던 어머니 손맛을 찾았다
시원한 바람과 상큼한 공기까지 더해
술독을 향하는 마음

밤이 깊어지자
빼꾸기 울음도 취해 골아 떨어졌다

허난설헌

책 읽고 글쓰기를 좋아했던 천재 소녀

결혼으로
규범과 관습에 짓눌려

심신은 나날이 시들어갔다

마음은
늘 행복했던 어린 시절

의지하고 지내던
남은 자식마저 곁을 떠나자

슬픔의 바다에서
빠져나오지 못하고 허우적거리다

주옥같은 글 다 불사르고
흔적 하나 남겨두지 않고 떠났다

스물일곱 송이 장미로

전기공

전봇대를 타고 올라
헬멧을 고쳐 쓴 검은 얼굴이
고압선을 노려본다
속을 다 알고 있는 터라
쉽게 다가가지 못했다
바짝 독이 오른 고압선
번개보다 고집 센 고압선
하늘과 땅 사이에서 줄다리기가 시작되었다
목숨 건 싸움에 흐르는 식은 땀
오늘도 무사히 하루해가 저물고
두발이 땅에 닿으니
터지는 안도의 한숨

시를 낳다

마당에 뛰놀던 닭이
기도하는 자세를 잡고
지그시 눈을 감고 있다

사랑을 나누던 일이며
먹이를 찾던 일
숨바꼭질하던 일
살아온 날들을 반추하고 있다

산고의 시간이 흐른 후
새 생명이 태어났다

따끈따끈했다

제3부 저 달 좀 봐

이런 남자

시인이라 등단은 했지만
시 같은 시 하나 못 쓰고
폼만 잡고
변죽만 울리며 살아온 지 육년
눈이 있어
남의 시 트집만 잡고
남의 얘기 듣지도 않고
내 방식대로 살며
콧대만 한없이 높은
웃기는 남자입니다

기분 좋은 날

친구를 만났다
모자를 눌러쓰고 썬 그라스에 반창고를 덕지덕지
왜 그래 하고 물어보니
쌍수에 점…
나이 들어 뭔 짓이여
신체발부 수지부모라 하지 않았어
생긴 대로 살아야지
뜯어고친다고
없던 복이 다시 오냐
마음부터 고쳐야지
콧대 높던 놈
한 방 먹였다

봉숭아

눈가에 맺힌 그렁그렁한 눈물
금방이라도 떨어질 것 같다
울지 마라
말은 안 해도
공허한 침묵의 심연을 알고 있다
땅에 뿌리박고 사는 우리
외로움과 슬픔을 견디는 일이라는 것
바람 불면 부는 대로
천둥 치면 치는 대로
떠난 사람 생각하지 말고
그냥
비우고 내려놓고 사는 거야

무제

사는 게 힘들다 슬퍼하지는 마
다들 그렇게 살고 있어
해 뜨면 밖으로 나가 일하고
해 지면 둥지를 찾는 새들처럼
산다는 것은
슬픔과 고뇌를 견디는 일이야
앞이 깜깜하고 희망이 절벽이라도
희망의 끈을 놓치는 말자
참고 견디면 언젠가 좋은 날 올 거야
우리만 힘들겠어
우리 잘 하고 있어
내일은 내일에 맡기고
오늘은 그만 자자
잘 자
사랑해

살구

푸른 하늘에
노랗게 익은 살구
감자 불알 달리듯 주렁주렁
앙증스러운 몸에서
풍기는 상큼함
따 먹고 싶어
애 간장 태우던
첫사랑
노란 셔츠에 청바지가 잘 어울리던
짧은 머리 소녀

파도여

해와 달이 놀고 간 바다에
파도가 놀러와 궁시렁궁시렁

푸른 캔버스에 펼쳐놓은 포말들이
목마른 갈증으로 시간과 공간을 가르며

꿈틀꿈틀 달려온 기차가 종착역에
타고 온 사람들을 내려놓고

한 장 한 장 책장을 넘길 때마다
색다른 생각과 색다른 기억들이 바다에 스며들어

무청처럼 시퍼런 용기와
지칠 줄 모르는 정열이 춤추고 있다

목련

오롯이
자신의 열정으로 피워낸
하얀 꿈

꿈이 익어 터져
오히려 슬픈
하얀 슬픔

상추쌈

쌈거리를 심으려 종묘상회에 갔다
열병하듯 서 있는 초롱초롱한 눈빛
상추 쑥갓 고추를 골라 차를 몰았다

집에 오니 차멀미를 해
얼굴이 노란게 다 죽어간다
얼른 물 한 바가지 퍼다주니 얼굴에 화색이 돈다

밭에다 심고 며칠 지내다
오늘 다시 보니 파릇파릇 생기가 돈다

입이 터져라 싸먹던 상추쌈
눈앞에 어른거리며 군침이 돈다

엿보기

우뚝 선 건물
침묵하던 나무도 넘겨보고
날아가는 새도 곁눈질
지나가는 태양도 손짓하고

자동차소리도 찾아와 귀찮게 하고
베란다에 놓인 꽃들도 말을 걸고
바람도 다가와 불러내는
동물원 갇힌 우주

거미

낚싯줄 띄워 놓고

기다리는 거미

밤이나 낮이나 가리지 않고

세월을 낚고 있다

비바람 위험에도 굴함도 없이

대어를 기다리고 있다

맥문동의 위력

팔팔 끓던 팔월
맥문동이 피었다
사방
보랏빛 향기가 깔리니
구월이 다가오고
가을도 따라왔다

콘서트

두 달 전 예매한 이문세 콘서트
구름처럼 몰려든 관객들
압도된 조명에 얼음장 같던 객석이
노래가 시작되자
소와 개처럼 데면데면하던 관계가
한몸이 되어
하늘을 찌르고 땅을 구르고 파도를 타며
용광로처럼 달아올랐다
잠시 후 막이 바뀌고
발라드에 발라드가 이어지며
그리움과 추억과 사랑이 호수 속으로 끌려가다
공연이 끝났다
대낮같이 불이 켜졌다
아지랑이처럼 피어오르던 여운이 아직 남아
발길을 붙잡고 놓아주지 않았다

열등감

나는 왜 키가 작을까
나도 한번 내려다보고 싶다

쳐다볼 때마다
따라 붙는 열등감

옷을 입어도
길을 걸어도
달아나는 자존심

내 생전
이루지 못할 꿈인가

나도 한번
내려다보고 싶다

말대꾸

아이가
엄마에게
꼬박꼬박 말대꾸를 한다
화가 치민 엄마가
참다 못해 한마디 했다
듣기 싫어
어디다 대고 말대꾸야
아이가 대들듯 말을 이어갔다
네가 제 정신이야
네 처지가 어떤 줄 알기나 해
미안하다 해도 모자랄 판에 어디다 말대꾸야
아이가 노려보듯 보자
더 화가 난 엄마
부르르 떤다

공정

길을 걷다
옆에 지나가는 사람들 얘기가 들렸다
정말 공정이 있긴 있어
지키는 사람만 바보지
재수 없어 걸린 거야
어디 그런 사람이 너뿐이야
높은 놈은 괜찮고
힘없는 사람만 가지고 지랄이야
윗물이 맑아야 아랫물이 맑지
세상 확 뒤집어져야 돼 된다니까
맞아
세상 갈라지는 소리가 들렸다

제4부 곁에 있는 사람

벚꽃

벚나무 아래
사진 찍는 한 무리 여학생들

-아주 학생들이 벚꽃보다 더 예쁘군
사진 찍어주던 아저씨 한 마디에

한꺼번에 터져버린
벚꽃들의 웃음소리

엘리베이터 안에서

안녕하세요
아주머니가 인사를 한다

네 안녕하세요
대답을 했다

옆에 있던 어린애도
안녕하세요

안녕하고 답을 하니
마음이 편해졌다

이사 온 지 몇 년째 불편한 시선
오늘은 그렇게 편할 수가

살다 보면

살다 보면
손에 꼭 쥐었던 것들을
스스로 내려놓아야 할 때가 있다

애지중지여겼던 것이
산산이 흩어져 버리기 전에
스스로 내려놓아야 할 때가 있다

혼신을 다해 이루었던 성공도
굶주리며 모은 재산도
가슴에 묻어야 할 약속도
사랑하는 연인과 이별도

어쩔 수 없이
스스로 내려놓아야 할 때가 있다
살다 보면

사월 초파일

산새소리 심심하던
절 마당이 왁자지껄

목청 다듬은 목탁소리
마음을 두드린다

하늘 가린 오색 연등
마당을 물들이고

마음 적신 반야심경
앞산도 귀기울이고

눈뜨고 밤새운 목어
산사를 깨운다

막국수

이월 초이틀 생일날
생일에 국수를 먹어야 오래 산다는데
봉평 단골집으로 차를 몰았다
국숫집 문을 여니 구수한 국수냄새가 코를 찔렀다
손님이 와도 본척 만척
국수만 삶고 있는 아주머니
한참을 기다려 받아든 막국수
젓가락으로 한입 뜨니 소낙비처럼
뚝뚝 끊기며 담백했다
살아 숨 쉬듯 시퍼런 총각김치는 어머니 손맛
어머니가 살아계시면
막국수 한 그릇 사드리고 싶었는데
쩔쩔 끓는 방바닥에 달라붙은 엉덩이
낙서로 얼룩이 된 바람벽은 허생원의 나귀가
쩔렁쩔렁 방울소리 울리며 걸어오고 있었다

파도

하늘 끝 닿는 곳에서
꿈틀꿈틀 기차가 오고 있다

흰 연기 내뿜고
가쁜 숨 몰아쉬며

소금기 젖은 거친 물결
물 언덕 넘고 넘어

하얀 미소로 달려오고
달려오다 넘어지는 저 세월

봄을 기다리며

남대천은 얼음에 붙들리고
몇 마리 새들
나무에 내려
추위를 털고 있다

정류장 한쪽엔
버스를 기다리고 있는
털모자 쓴 노인
그림자가 춥다

두껍게 언 겨울 언제쯤
물 흐르는 소리 들릴까

석굴암

토함산에 올랐다
석굴암을 만나기 위해
만나 보니
이십년 전이나 지금이나
하나 변함이 없고
더 젊고 건강해져 있다
사랑만 받고
법문만 먹어
그런지?
눈사람 같은 얼굴에서 짓는
염화시중의 미소는
길게 늘어선 발걸음을 놓아줄 생각이 없었다

욕심

먼지 푹푹 날리는 메마른 땅 비가 내린다

가뭄에 목말라 애타게 기다리던 비

쭉쭉 빨아들인다

먹다먹다 배부르면

하늘 향해 누워

침까지 흘리며 잠이 든다

배가 터진 줄도 모르고

까마귀를 보면

하늘 높이 날아오를 땐
들판이 들썩 하고

냄새나는 고깃덩이 보면
몰려드는 검은 무리

매끈한 머리에
단정한 차림새

세상을 접었다 폈다 하며
욕심만 챙기는 무리들

바람 불면 날아갔다
날 풀리면 돌아와

마을을 빙빙 돌며 눈치를 보다가
냄새나는 고깃점 덥썩 물고 날아가는

고개를 돌리게 하는
뻔뻔한 얼굴

내린천

산철쭉 야생화 자작나무가 병풍을 치고
무쇠가 녹아 흐른 듯 기암괴석
내린천의 이무기기
꿈틀꿈틀
하늘을 끌고
땅을 끌고
세상을 끌고 가고 있다
헐떡거리며 따라오던 물소리에
놀란 나비떼들
일제히 하늘로 날아오르니
만해* 미소로 가득했다

*한용운

장맛비

밤비가 내리고 있다
채찍으로 내리치듯
후드득후드득 창을 두들기고 있다
길이 멎고
밤이 멎었다
새벽 눈을 떠보니
마당에는
목이 댕강 잘린 능소화의 물결
하늘을 향한 원망이
바다를 이루었다

안경

비가 억수로 쏟아지는 칠월 저녁
장인이 응급실에 입원해
급하게 병원으로 달려갔다
차에서 내리다 문 모서리에
눈이 한쪽 달아났다
쏟아지는 비를 맞으며
샅샅이 뒤졌건만 안 보였다
할 수 없이 집에 돌아와 잠을 청했지만
천장에 어른거리는 인연에 잠이 오지 않아
다음 날 아침 일찍 다시 찾아갔건만
종적이 없다
나와 함께한 지 8년
밤낮 지켜주던 충복이었는데
지금도 안경 닦을 때면 생각나 안부를 묻곤 한다

압도하고 남았다

방자와 향단은
어려서부터 같은 마을에 자라
서로 친구로 티격태격하며 지내며
좋아한다는 말은 하지 않아도
눈빛만 봐도 통했다
유쾌하고 밝은 성격은 마을사람들에게
웃음과 즐거움을 주어 마을사람들은 이미
그들의 사이를 눈치 채고 있었다
서로 아끼고 사랑하는 마음은
춘향과 이몽룡을…

인터뷰

삶의 기록 혹은 심경

○시를 언제부터 썼는가?

정확한 기억은 없지만 아마 중학교 1학년 때부터 일기처럼 쓰던 습관이 시 쓰기로 이어진 것 같다.

○시를 쓰게 된 동기는 무엇인가?

일기처럼 써 놓았던 것을 어떻게 묶을까? 고민하다 마침 강릉원주대학교 평생교육원 시창작 강의가 있어 수강하게 되었다. 공부하면서 나보다 몇 학기 먼저 시작한 분들이 부럽고 대단해 보였다. 그분들의 열정과 의지를 보며 자연스레 쓰게 되었다.

○시를 무엇이라 정의하는가?

소리도 자국도 없이 내리는 봄비가 새벽을 깨우듯 평범한 사람들에게 평범하지 않은 일을 하고, 세상 사람들에게 가지 못한 길을 안내해 주는 안내자이며 언어와 영혼이 합

치된 독백이라고 생각한다.

○어머니와 아버지에 관한 시가 몇 편 보인다. 가족에 대한 생각은 무엇인가?

가족은 애증의 관계라 생각하고 좋은 일과 나쁜 일이 교차해 가며 일어났다. 특히 아버지에 대한 사랑이 별로 없었기에 내 작품 속에 은연중에 아버지 얘기가 많이 나오는 것 같다.

○아버지에 대해 더 말한다면?

아버지는 난봉꾼이다. 어머니는 꾹꾹 참으며 견디셨다. 하고 싶은 말을 못하고 속으로 삭이며 살았다.

어머니는 오죽 했겠는가?

○시는 주로 언제 잉태되고 시를 쓰는 시간은 언제인가?

오후에 시를 쓴다.

오전 출근해 업무를 보고, 오후 점심 식사 후 책상에 앉아 책, 신문, TV를 보며 나만의 시간을 갖는다. 시 쓰는 시간은 딱히 정해진 시간은 없지만 주로 오후 혼자 있을 때이다.

○주로 읽어 온 시인의 계보를 말한다면?

김소월, 한용운, 서정주, 백석, 황동규

특히 한용운, 서정주, 백석, 황동규 시를 좋아하며 한용운이나 서정주처럼 자유시를 쓰고 싶다.

○시 이외 시를 위한 활동이나 취미가 있는지?

책 읽는 모임 〈가시무〉를 하고 있다.

직장 독서 모임으로 14년째 격주로 만나 책 읽고 토론한다.

*가시무: 하루라도 책을 읽지 않는 날이 없기에 입에 가시가 돋지 않는다.

○강릉에 살면서 고향 치악산이 그립지 않은가?

나고 자란 곳이 치악산 밑이다.

눈만 뜨면 다가오던 산이라, 그립지 않다면 거짓말이고 부모님 생전에는 자주 찾았지만 두 분 다 떠나신 후, 일 년에 벌초와 성묘 때 다녀오곤 한다.

○원주와 강릉을 정서적으로 단순히 비교하면?

원주는 여성적이고, 강릉은 남성적인 면이 있다. 강릉은 낭만이 있는 문향의 도시로 허난설헌, 김동명, 신봉승 등 걸출한 문인을 배출했다.

강릉의 하늘과 구름과 바람까지 사랑한다.

○같은 길을 가는 문우들을 소개하면?

〈사유의 라운딩〉이라는 모임을 하고 있다.

박두현, 정영자, 최경숙, 김인숙, 함경순, 한영환 회원들과 월 1회 카페 풍차에서 덜 익은 시를 가지고 커피를 마시며 지지고 볶는다.

○'인생 시집' 같은 게 있는가?

일기처럼 그간 써 온 기록장이 18권 정도 된다. 내 얼굴을 비추는 거울 같아 시간 날 때마다 들춰 보며 동력을 얻는다.

○앞으로 쓰고 싶은 시는 어떤 것인가?

젊은 사람들의 다양한 생각과 느낌을 쓰고 싶다.

집시 문화를 탄생시킨 보헤미안처럼 특색 있는 나만의 색깔로 청년들과 친구가 되고 소통하는 작품을 쓰고 싶고, 사회 약자를 대변하는 시도 쓰고 싶다.

○시를 쓴다는 행위를 어떻게 정의하는가?

우주를 산책하는 산책자의 독백이라고 말하고 싶다.

○시 쓰기의 고통이나 기쁨에 대하여

매번 시를 쓸 때마다 쉬운 적이 한 번도 없었다.
마치 닭이 산통 후에 알을 낳듯
금방 낳은 계란이 따듯하듯
시와 자연은 일치하는 것 같다.

○이번 시집에서 혼자 낭독하고 싶은 시 1편 꼽는다면?

「목소리」.
사장 있는가?
문 밖에서 부르는 소리

가슴이 철렁한다
집 주인이 월세를 받으러 왔다

사업장을 임대해, 사용할 때 다달이 다가오는 월세가 꿈에 나타난 일이 있었다. 그래서 가장 기억에 남는다.

○첫 시집을 출간하는 소회는?
부끄럽고 설렌다.
마치 시집가는 신부 마음 같다.
많은 도움을 주신 최경숙, 한영환 문우께 고맙다는 인사를 드린다.

○시의 독자는 소멸하고 있다. 그에 대한 시인의 생각은?
시의 생명은 울림이고 솔직한 영혼의 소리여야 한다.
자신의 목소리로
자신만의 색깔로
쉽게 써야 독자의 공감이 있을 것이다.

○시인으로서의 일상을 소개한다면?
독서·신문·음악·영화·그림·물소리·바람소리·새소리….
우주를 담은 자신의 노래를 불러야 하기에 세밀한 관찰과 집중으로 끊임없는 노력이 있어야 한다. 누에가 뽕을 먹고 석잠의 잠을 자고야 명주실을 뽑아내듯.

○시인으로서의 삶과 일상인으로서의 삶은 다른가?

다르다.

시인은 우주와 교감하는 능력을 지니고 있고, 멋쟁이다.

인간은 사회적 동물이기에 같이 놀아줄 사람이 절대적으로 필요하다. 사회적 존재들은 다른 존재들과 연결되지 않으면 외로움을 느낀다. 이때 시인은 시를 쓰면서 외로움을 달랜다. 평범한 일상인은 또 다른 방법으로 외로움을 달래겠지만, 시인은 주어진 상황을 즐기며 풀어낸다.

○시를 쓰는 힘은 무엇이라고 생각하는가?

저의 경우는 세밀한 관찰과 집중으로 생각을 끄집어내는데, 자연일 수도 있고, 책, 사람, 동물, 나무일 수도 있다.

○이번 시집에 대해 간략히 리뷰하면?

나의 독백이라고 하고 싶다.

내가 하고 싶은 말을 두서없이 지껄였다.

○시에서 가장 중요한 것은 무엇이라도 생각하는가?

내용도 중요하지만 형식도 중요한 것 같다.

어떤 그릇에 어떻게 담아야 미적 감각과 식감을 더 부를 수 있을까?

글을 잘 쓰려고 하니까 점점 더 못쓰게 되는 것 같다. 그냥 내 생각들을 숨김없이 써 내려가다 보면 좋은 작품이 탄생되리라 생각한다.

○시의 독자는 누구라고 생각하는가?

시의 독자는 본인이다.

본인만큼 자기 시에 관심 있는 사람이 없을 것이다.

○삶과 시의 경계에서 느끼는 심경은?

어찌 보면 현실과 괴리되어 있는 듯하지만 시는 삶과 동일하다. 모든 소재는 우주에서 가져다 쓰며 살아있는 동안만 유효하니까.

○시집을 출간하면 꼭 하고 싶은 일이 있는가?

아버지 산소를 찾아뵐까 한다.

엎드려 마음속에 있는 얘기를 모두 털어놓고 싶다.

○최근에 여행한 곳은?

코로나 시국이라 외국에는 못가고, 여름휴가 때 2박 3일 동안 경주에 다녀왔다. 오랜 만에 만난 석굴암이 하나 늙지도 않고 반갑게 맞아 주어 20년 만의 해후였다.

○혹시 정기구독하고 있는 문학잡지가 있는가?

한국문인협회를 통해 『월간문학』과 등단한 『문학공간』을 정기 구독하고 있다.

○등단 무렵 정황을 말할 수 있는가?

나이 들어(62세) 등단했다.

강릉원주대학교 평생교육원 시창작 수업 후 지도 교수의 추천으로 등단했다. 등단 후 글을 쓰다 마다 한 지 어느새 6년이 지났다.

어느 날 같이 공부하던 최경숙, 한영환 문우의 강력한 권유와 도움으로 시집을 내게 되었다.

부끄럽고 두렵다. 내 자신 내 가족사를 세상에 알린다는 것이 창피하고 두렵다. 어차피 한번은 고백해야 할 일이라 용기를 냈다. 여러 가지 부족한 점이 많다. 부족한 점도 있고 과한 점도 있다. 첫 번째 시집이라 덜컹거리는 점도 있을 것이다. 많이 이해해 주길 바란다. 다시 한 번 도움을 주신 최경숙, 한영환 문우께 감사를 드린다.

○이번 시집에서 가장 공들인 점은 무엇인가?

그 동안 말도 안 되는 소리를 써 놓고 우쭐대던 자신이 부끄럽다.

책상 속에 깊숙이 잠자던 6년 된 작품들을 선정하는 과정이 힘들었다.

이게 더 잘 됐나, 저게 더 잘 됐나 하면서 띄어쓰기도 힘들었다. 국어 실력이 바닥이라는 점을 확인했다.

아참!

독수리 타법에다 메일을 주고받는 과정도 힘들었다.